우리의 관계는 오래되었지만

인은주 시집

시인동네 시인선 162

인은주 시집

우리의 관계는 오래되었지만

시인동네

시인의 말

할 수 있는 말보다 할 수 없는 말이 많았던 날들이었다.
나를 확인하기 위해 아름다운 문장이 필요했다.

그러나 우리는 여전히 모르는 사이였다.

2021년 10월

인은주

차례

시인의 말

제1부

제2부

제3부

제4부

제5부

제1부

모르는 새

통유리 창문 앞에 아기 새가 죽어있다 겹벚꽃 흩날리는 찬란한 봄날 아침

모르는 새가 죽었을 뿐 죽은 새는 가벼웠다

두 개의 눈

한쪽 눈이 빠진 걸
남은 눈이 보았다

오징어가 죽은 저녁 눈알이 빠진 저녁

두 눈은 서로에 대해
그날 처음 알았다

죽음을 안았을 때 두 눈은 감는 거지

안지 못한 죽음은
감지도 못한다지

두 눈은 노려보았다 비명처럼 퍼렇게

눈사람

아침에 산책을 가자고 했을 때

눈은 계속 내리고 있었다 길은 미끄러워 자주 넘어지는 너에게 괜찮냐고 물으면서 A코스도 있었는데 B코스가 어떠냐고 한 나는 미안하다고 말하면서
녹고 있는 것처럼 너는 눈물을 달고 있었고
네가 녹을까 봐 난 마음을 주었다
겉과 속이 같은 너는 한결같아 보였고
우리는 함께 걸었을 뿐인데 눈덩이가 쌓여갔다
집 한 채를 무너뜨릴 만한 커다란 눈덩이가 내게로 굴러왔다 이런 사태는 보기 드문 경우라며 사람들은 말하였고 나는 눈 때문이라고 심장까지 흰 눈 때문이라고 중얼거렸는데 그런 나를 보는

네 눈이 흘러내렸다
새하얀 날이었다

존재의 사전

눈을 뜨면 오늘은 무얼 팔아야 하나

살아야 하니까
뭘 자꾸 팔게 되고

그래도 웃음 같은 건 팔고 싶지 않았는데

눈뜨며 생각하고 "무얼 먹지" 고민하던
그래서 행복했던 친구도 있었는데
무엇을 잘못 먹어서 그 친구는 죽었을까

상냥해야 한다는 언니의 잔소리에
웃어넘기는 거랑 웃는 거랑 다르다고
우기다 생뚱맞다고 언니는 놀려대고

죽었던 친구는 오해 받기 싫다며
죽었던 이유를 설명하러 나타나고

"잠깐만" 하는 사이에
손님이 들어왔다

물에 녹는 시간

오라는 말을 듣고 그 집으로 들어갔다
밥이 너무 뜨거워요
아이가 울었다
식탁엔 낯선 것들이 눈 비비고 있었다

피를 섞지 않고 식구가 된 우리들
피 대신 눈물로 가족은 될 수 없나
몸에서 나오는 것은 모두 다 뜨거운데

흰 장미를 사오고 얼굴이 붉어졌다
이렇게 흰 것들은 색소의 결핍이래
누군가 이런 말을 하면 얼굴이 또 붉어졌다

불을 질러 버렸다
십 년 같은 하루를
그러면 시작은 아침처럼 다시 오고
우리는 그런 시간을 다 같이 먹었다

멍

그러지 말자 하고 기다리다 들뜬 저녁

그이는 오지 않고 노을이 덮쳤다

넘어진 무릎 아래로 붉은 피가 모였다

핏빛이 붉어야 하는 그 이유를 아는 순간

노을은 다급하게 어둠과 섞이고

이 세상 다 무너진 듯 돌아보지 않았다

달그림자

둥근 달을 그렸는데
달의 정원에는
꽃들이 노랗게 피어 있었다
나보다 먼저 들어간 사람의 것이었다

꽃들은 피어 있고
꽃 아닌 꽃도 피어 있고
장미꽃 봉오리는 여섯 장의 꽃잎으로
겹겹이 달의 울타리를 치겠다고 서 있었다

사랑을 하기엔
나는 이미 늦은 사람

앞사람의 그림자를 한 잎씩 떼어내며
여름의 바깥에 서서 바라만 보는 사람

내 희망의 내용은 질투뿐이었구나*
노란 꽃의 정원사가 쳐놓은 금 밖에는

하나의 달이 떠 있다
너무 늦게 뜬 달이

*기형도, 「질투는 나의 힘」 중에서.

투석(透析)

투석실 앞 복도에는 긴 의자가 놓여 있다

환자도 보호자도 지쳐가는 정오 무렵

엄마는 헛발을 딛듯 문을 열고 나왔다

피를 세척하고 막 나온 늙은 엄마

모르는 사람처럼 내 눈을 쳐다본다

베개에 눌린 머리가 납작하게 붙어 있다

"꼼짝없이 네 시간을 얼마나 더 산다고"

간신히 입을 여니 이제야 엄마 같다

그 순간 내 안의 피가 뜨겁게 퍼졌다

다가오는 저녁

들어가면 끝이라는 그곳에 다녀온 후
엄마는 날마다 산 낙지를 찾았다
낙지는 꿈틀거리며 온몸이 토막 났다

한 세대가 저무는 요양원 병실에는
배고픈 아이가 이름표를 달고 있다
기어이 빚쟁이처럼 삶 끝에 오는 아이

아이만 남아서 노인을 지킨다
삼시세끼 밥으로는 달랠 수 없는 아이
아이가 얻어맞는다
말리는 사람 없이

엄마는 한 달 만에 이름표를 되찾았고
낙지는 구멍에서 산 채로 죽어갔다
산 채로 죽는 이들이 저녁마다 울었다

여름 연습

여름이 시작되면
여름을 앓았다

열병을 앓는 입술이 발갛게 달아오르면 친척들은 양손에
꽃 대신 고기를 들고 모였다 친척들의 얼굴은 한 우리의 염소
처럼 늙은 염소와 덜 늙은 염소로 구분할 수 있지만 한낮의
마당은 고기 타는 냄새와 여름 타는 냄새를 구분할 수 없었다

재규어 한 대가 골목길로 들어왔다가 후진하여 나갔다

수풀이 점령한 길은 먹다 남긴 뱀처럼 끊어졌다 잡아먹히는
것은 길뿐만이 아니었다

염소를 풀어놓은 들판에는 우글거리는 벌레들이 보이지 않
는 곳부터 소리 없이 갉아먹고 있었다 동물이 된 식물처럼 염
소는 서 있었다

늙은 고모가 생조카의 이마를 짚었다

들끓는 여름 앞에서
앵두가 떨어졌다

CCTV

사람이 걸어간다
도둑 아닌 모습으로

의혹이 되는 순간 도로는 눈을 뜨고

사람이 사람을 벗으면 형체만 남는다

도망을 가는 자는 도망치지 않는다

피의자가 되는 순간
피의자는 도망가고

누구나 아침이 오면 혐의를 벗는다

머루

그 남자네 마당에서 머루를 따먹었다

까맣게 탄 여름이 걸려 있는 하늘 아래

넝쿨 속 그늘 안에는 풀냄새가 가득했다

새까만 머루가 입 안에서 터졌다

그 남자의 아내는 울상을 지었으나

못 본 척 여름 안으로 나는 더 들어갔다

산딸기

산까치가 내려와
딸기를 쪼았다

장마가 잠시 멈춘 다 젖은 수풀 사이

당신이 몰래 다녀가고
딸기는 더 빨개졌다

제2부

너의 장례식

우리의 관계는 끝난 지 오래지만
너는 죽음으로 나를 호출했다
빈소에 너의 얼굴은 화환 속에 담겨 있다

너에게 들어야 할 어떤 말이 있었는데
이 생애 계산을 다 끝낸 사람처럼
어느새 너의 세계는 차갑고 고요했다

남긴 말이 없음을 그곳에서 알았다
후회와 혼돈은 내 몫으로 남겨둔 채
어떻게 보내야 하는지 모른 채 또 헤어졌다

장마

시커먼 뒷산이 어제처럼 울었다

배신당한 사람처럼
굵다란 목청으로

보란 듯 세상을 향해 한쪽 팔을 잘라냈다

그 여름, 배롱나무

죽은 듯이 서 있었다
꽃도 없이 잎도 없이

거미가 지은 집이
조롱하듯 진을 쳤다

바깥은 시끄러웠다 발정 난 짐승처럼

현상

좋은 꿈을 꾼 거라고
사람들이 말했다
죽어있는 남자를 손으로 만졌는데
꿈에서 시체가 나오면 좋은 일이 생긴단다

찻집에서 우리는 꿈 해몽을 검색했다
뜻밖의 곳에서 행운이 들어온단다
찻값은 네가 내라며 모두 축하해 주었다

연꽃차를 주문하고 꿈 얘기는 이어지고
흰 연꽃 봉오리는 천천히 벌어졌다
꽃들은 두 번 피기 위해 죽기도 하는구나

말라 죽은 꽃에서도 향기가 나왔다
연꽃은 물속에서 진짜처럼 피어났고
우리는 그 꿈에서만 신이 나 있었다

찻잔은 비워지고 집에 갈 시간이고

꿈속의 남자는 모르는 사람인데
그날은 믿고 싶었다
좋은 일이 생길 거라고

의존성

경기는 시작되고
"이만 원 내기 할까"
옆에서 친구는 뭘 자꾸 걸자 하고
저녁은 먹어야 하니까 거는 걸 또 하게 되고

목숨 걸고 싸우는 선수들이 보였다
쉴 새 없이 공을 빼앗고 빼앗기고
시간은 가는 줄 모르게 어느새 가버렸다

"숙희야 넌 젊음을 어디에 걸었니?"
뜬금없이 친구가 질문을 던졌을 때
태양은 지고 있었고 경기도 지고 있었다

경기가 끝났을 때
내가 진 것도 아닌데
텅 빈 운동장이 한없이 펼쳐지고
왼손은 할 일이 없어 오른손에 걸었다

어린이날

장난감을 사러 온 아이의 표정으로
네 눈은 움직인다
한 바퀴 두 바퀴
바퀴는 두 번째부터 저절로 굴러가고

가져본 적 없는 네가
소유하는 방식은
울음의 결말까지 가보는 것이라고
눈물이 흐르고 나면 훔치는 손이 있다

살구

남자들이 널 보면 지루해할 거야
오래전 친구한테 이런 말을 들었는데
아침에 눈을 뜨면서 그때가 떠올랐다

방학이 끝날 무렵
살구나무 아래였다

살구를 가르면서 나는 곰곰 생각했다
이렇게 둥근 것들의 영원성에 대하여

큰일이라도 난 것처럼 바람은 불어왔고
커다란 살구나무가 바람에 흔들리고
노랗게 익은 살구는 바닥에서 뒹굴었다

세상에 없는 것처럼
친구는 떠나갔고

나는 가끔 지루해져

친구를 생각했다

살구가 살구나무를 그리워하는 것처럼

노인

염소 우리 한가운데 긴 수염이 쳐다본다

의심스런 눈빛으로 사람처럼 쳐다본다

우리는 사람 곁에서
너무 오래
살았다

가을 장미

그대의 입술로는
아무것도 주지 마오

위로를 받는 순간
그것은 독약일 뿐

그러나 그 무슨 수로 거절할 수 있을까요?

빗금

그 도시로 가기 위해 긴 터널을 통과했다

장마는 시작되어 오후부터 많은 비가 내린다고 했다

비가 온다는 말이 슬픔이 온다는 말처럼 들렸다

먹구름이 하늘을 뒤덮었다

삼십 년 만에 만나기로 한 사람들

과거로 가기 위해서는 이렇게 긴 터널쯤은 통과해야 한다는 듯 터널은 길고 길었다

그동안 우리는 왜 한 번도 만나지 않은 걸까

아무도 죽은 사람은 없었는데 앨범에서 막 빠져나온 사람처럼 그들은 앉아 있었다

한때 우리를 묶었던 것들 민주 노동 평등……

삼십 년 전 방식으로 우리는 말을 했다 멈춰버린 사람처럼

한 사람이 옛날처럼 노래를 불렀다 요즘은 식당에서 노래 부르고 그러는 거 아니야 말리려는 사람과 부르려는 사람이 있었고 노래는 옛날 같지 않았다 옛날 같으면서 옛날 같지 않았다

죽은 사람이 있었어 너는 기억하지 못하겠지만…… 정확한

기억을 가진 사람이 말을 했는데 도무지 나는 기억나지 않았
다

　우리는 왜 갑자기 만나려고 한 걸까 이런 생각으로 어느새
비는 내리고 있었고 긴 터널을 다시 통과해 나는 돌아왔다

　이곳은 더 많은 비가 내리고 있었다

속담

토마토가 터졌다
구름이 몰려오고

고양이 발톱 같은
소낙비가 지나가자

들판은 저도 모르게 새파랗게 펼쳐졌다

새파란 토마토를 고양이는 사랑하고
세상 모든 사랑은 터지게 마련이고

사랑해
이런 말들은
제풀에
꺾이었다

이석(耳石)

돌 하나가 움직이면 세상도 흔들린다

짊어진 바랑처럼 몇 바퀴를 돌아간다

이렇게 일생이 가면 돌아올 수도 없겠다

떨어진 돌 하나에 덜떨어진 사람처럼

설탕을 가지러 가서 소금을 들고 왔다

먼 곳에 다녀온 듯이 감감한 봄날 오후

끊었던 친구에게 전화를 넣었는데

지금 거신 전화는 없는 번호입니다

어느새 가고 있었다 먼 곳에서 먼 곳으로

보름달

너의 문장 앞에서
질투처럼 타올랐다

불면의 밤을 새워 너를 지켜보리라

내 뼈를 갉아먹으며
손가락질 당하리라

제3부

안개

우리는 만나면 왜
우울해지고 마는 걸까

내 숨을 조여 오는
무표정한 너의 얼굴

신발은
이미 젖었다

아직 이른
아침인데

동백

모가지가 부러져 고꾸라지던 그 순간

기다리고 기다린 게
한눈에 들어왔다

새빨간 거짓말처럼 바닥은 묘지였다

사월

진달래 보러 가서 혓바닥만 보았다

곧추세운 독사가 가로막은 산비탈

분홍빛 아가리 속에 통째로 들어갔다

붉게 붉게 타는 봄은 너일까 꽃잎일까

너를 잡고 나를 잡은 성급한 속살같이

스르륵 미끄러지듯 산등 타고 오는 봄

늦봄

내 사랑은 비겁해서 돌아오지 않았다

꽃들을 포기한 채
뿌리를 뽑았다

눈부신 여름 속으로 사람들은 달려갔다

웃는 고양이

우리의 방식은 고양이가 정했다

아침부터 놀러 온 고양이가 있었다 개구리를 잡는 척 나비를 쫓는 척 사냥놀이 하다가 심심해지면 사냥감은 내가 된다 조막만 한 고양이는 살포시 무릎에 기대는 척하다가 날쌔게 달려들어 손등을 깨물었다 아야야 비명과 함께 옆집으로 달아나고

선명한 이빨 무늬만 남아 웃고 있었다

탁목

딱따구리 부리가 나무를 두드릴 때

슬픔은 숲에 잠겨 있다
까마귀 한 마리가 숲을 가로질러 날아간다
슬픔을 목격하려는 나무들은 자라나기 위해 목을 키운다
밤에서 깨어난 아침이 숲길을 걷고 있다
두더지가 파놓은 구멍은 밤의 흔적으로 남아 지하와 지상을
연결하고 있다
아침은 밤을 덮는다
숲은 나무를 포괄한다
빛과 어둠이 나무를 위협한다
죽어가는 나무와 죽은 나무 사이
벌목으로 드러난 발목들이 둥근 원을 그리고 있다
둥글게 그려진 나무들의 기호가 슬픔의 형식으로 숲을 잠그
고 있다

딱따구리가 나무를 찍고자 찍었을 때

그것은

예약된 슬픔

둥근 산을 깨트린다

오월

개울에 갇혀 있던
냄새를 건드렸나

미친 듯
고라니가
비탈로 달려간다

변색은 시작되었다
온 산이
출렁인다

아까운 일

장동건과 송승헌이 우리 집에 와 있다
소파에 앉혀놓고 혼자 보기 아까워
급하게 동네 친구를 전화로 불렀다

다음날 점심시간 이 애기를 했더니
저만 빼고 불렀냐고 친구마다 난리다
"너한테 전화했잖아 어젯밤 꿈속에서"

콘서트

손을 들고 흔들어 봐
내 노래를 따라해 봐

더 크게 소리 질러
나를 향해 나만 향해

소년은 무대 위에서 몇 바퀴를 굴렀다

마마를 불러대는 꽃박람회 한쪽 코너
마마라는 이름이 꽃처럼 퍼졌다

소년이 부르는 대로 이름이 쌓여 갔다

엄마라고 부르면 엄마가 되는 거지
가능과 불가능의 기다란 줄다리기

움켜진 손가락 사이 검은 피가 맺혔다

아무도 꽃에 대해 질문하지 않았다
색도 없고 향도 없는 그런 꽃이 있다는 듯

스산한 꽃 무더기가 무덤처럼 피어났다

그녀의 수법

잡는 법을 알고부터 물밖에 못 잡는다

바다가 늘 부른다니 잡은 걸까 잡힌 걸까

그녀가 가른 물살이

수평선을 넘는다

편의점에서

"더 이상 연애는 이젠 못할 거 같아"

체크무늬 교복치마 재잘대는 여학생들

딸기맛 우유를 골라 팔랑대며 사라졌다

이상한 야근

밤새워 알약 세도 개수가 모자란다
처방전 확인하고 다시 세다 까먹는다
꿈이다 한숨 못 자고 무임금 일만 했다

간호사 그만둔 지 십 년도 넘었는데
밤마다 불쑥불쑥 흰 가운을 입힌다
수당도 한 푼 안 주고 부려먹는 고용주다

바닥

비좁은 응급실에 토물 냄새 확 풍긴다

신음하는 백발 옆에 누워 있는 아무개 씨

체온이 바닥을 기며 부들부들 떨고 있다

더 이상 못 가겠다 정지된 신체리듬

사선을 넘나들다 퀭한 눈 두리번대며

이곳이 어디인지를 자꾸만 묻는다

술 좀 작작 마셔야지 명 놓기로 작정했나

지청구하던 형수만 잠시 다녀갔을 뿐

응급실 바닥에 누워 일어설 줄 모른다

청혼

송아지 크기만 한 큰 개가 달려왔다

햇빛이 쏟아지는 바닷가 모래사장

밀물은 반짝거리며 발등을 타 넘었다

제4부

생각나무

생강나무 이름에선 생강 냄새가 난다
그 사람 이름에선 책 냄새가 난다
언덕은 나무를 기르며 언덕으로 올라가고

기분 좋게 만드는 그런 꽃이 있다는데
당신을 만났을 때 들어오는 기분은
우스워
너의 냄새가
한결같은 이름이

처음 피는 결기로 생강꽃은 피어나고
맨 처음 사람은 맨 먼저 떠나가고
꽃들은 생각난 듯이 언덕을 내려가고

고양이의 언어

고양이는 고양이를 본 적이 없었다
개집으로 굴러온 새끼 적 그날부터
창고는 개와 고양이 둘만의 섬이었다

개 품에 안긴 채 가르릉 가르릉
그녀의 목소리는 자라나지 않았다
꽃들이 그녀의 집에 피어난 적 없듯이

말 없는 눈빛이 질문을 하는 동안
노란색 줄무늬가 혀처럼 짙어졌다
그녀의 접힌 꼬리는 해독이 불가했다

빈집

엄마 잃은 아이는 엄마라고 불렀다
툭하면 아이는 울고 그러면 또 비가 왔다
날마다 해가 뜨기를 아이는 기다렸다

짐승으로

산에 가면 나는 개한테 끌려간다

끌려가던 산길에서 청솔모와 마주쳤다

생긴 게 다른 우리는 한자리에 서게 됐다

날을 세운 눈썹이 팽팽하게 각을 잡고

개는 청솔모만
청솔모는 개만 보고

선수는 둘뿐이라는 듯 안중에 나는 없다

직립을 후회했다

끼어들지 못한 채

네 발 달린 짐승의 입장에서 보면 나는

모자란 짐승이었다

한없이 끌려가는

슬픔이여 안녕

병실은 어두웠다 그들의 오늘처럼
여자의 병상 앞에 남자는 우두커니
면회가 다 끝나도록 아무 말도 못했다

빼앗긴 두 아들이 너무나 보고 싶어
애원하는 여자에게 남자는 냉정했다
팔팔한 서른여섯이 잔인하게 흘렀다고

그 흔한 불륜은 남자가 저지르고
길 잃은 여자는 제 감옥에 갇힌 채
말기 암 막다른 길로 잘못 들고 말았다

죽음도 길이므로 속수무책 길이므로
따지고 묻는 것은 이쪽의 일이므로
순순히 저쪽을 향해 여자는 들어갔다

입양

재바른 고양이가 넘치도록 많은 동네

상가 건물 옥상에는 네 엄마의 엄마쯤 쓰레기더미 속에 가죽만 남겨놓고 이곳은 내 차지야 죽음으로 야옹야옹 그물에 걸려서 대롱대롱 매달린 채 하악질을 해대는 네 손주의 손주쯤 밤새도록 불러도 대답 없는 야옹야옹 운 좋게 구조되어 병원에 실려 갔지 고양이의 의사는 고양이가 아니야 길고양이 출신에게 품종을 묻더군 야옹 새끼를 낳았어 봄에도 가을에도 자꾸 배는 불러오고 일생이 임신이지 이러다가 죽을 거야 암컷이 우는 밤 야옹야옹 입양을 하다 보니 식구가 스무 마리 기어코 어떤 맘은 파산을 했다는데 배고픈 고양이는 골목에서 야옹야옹

겨울이 깊어 갈수록 고요한 지붕의 끝

식구

피딱지를 붙인 채 고양이가 나타났다
혹독한 긴 겨울을 살아서 돌아왔다

겨우내 비운 농가를 지키고 있었나봐

산 뱀을 막으려면 고양이가 필요해서
삼겹살 몇 점으로 길들인 게 전부인데

우리를 기다렸나봐 길고 긴 그 겨울을

듬성 빠진 누런 털에 눈곱은 덕지덕지
함께 살자 하기에 내키진 않았지만

그날 밤 산골짝 집에 다 같이 머물렀다

블루스 타임

다른 남자가 필요한 그런 날이 있는 거지

푹푹 찌는 한여름에 혼자만 춥던 그날
소모임 번개팅 문자
덥석 물고 나갔었지

키가 작든 못생겼든 남자면 되는 거지
따뜻한 손을 가진 사람이면 되는 거지

노래방 후진 박자에
블루스를 놓쳤지

새벽

어두운 숲속으로 혼자서 들어가네

혼자 가는 사람은
갈 곳이 있는 사람

침묵의 검은 행려가
이쪽을 돌아볼 때

나는 작아지고 수풀은 커지고
오도 가도 못할 때는 앞으로 가는 거지

먼동은 먼 곳에 있고
갈 곳도 멀었는데

앞으로 가는 길은
어둔 것의 시간이네

어둠에게 먹히든

어둠을 내가 먹든

숲길은 뻗어 있었고 어둠이 있었네

상강

탈탈 털렸다
감나무도 빗자루도

깨알 같은 벌레들이
죽어라 쏟아지고

잡았던 손을 놓치면
저 혼자 가는 가을이었다

연민

"우리도 네 명인데 짝이 딱 맞네 그려"

늙수그레 남자들이 지나가며 던진 농에

산채 밥 더덕구이가 그대로 걸리었다

어느새 나도 늙은 냄새를 풍긴 걸까

저들의 후각은 절기처럼 정확하니

그러니 나도 모르게 등이 휘는 가을이다

참외밭

참외는 소음을 바닥에 깔고 있다.

참외는 개별적이다. 성장이라 부르는 여름의 페이지를 넘기면 일방적인 세계에 던져진 얼굴의 무게가 무거워진다. 구름 너머 저 무한한 팽창의 지구 밖을 상상해 보지만 생은 생각보다 짧다는 것, 이마의 주름을 쓸어내리며 과거를 바라보는 노인처럼 무르익어야만 알게 되는 생의 비밀은 보이지 않는다. 꼭지가 돌아가면 늦은 때를 알 것이다. 생은 조금 과장되지만 상처 입지 않을 능력이 있다, 그런 것이 하늘에서 뚝 떨어지기라도 한다는 듯 단단한 표정으로 올려다보는 저녁이다. 사상이라면 노란 규칙만 가득한 세상에서 몇 개의 골목으로 생은 이어진다. 어느 골목이나 소음처럼 죄가 있다. 자신의 죄로 명료해졌을 때,

참외는 얼굴을 들고 참외를 벗어난다.

매미

울기 위해 태어난 일생도 있다는 듯

혼신을 다해 울고 거룩하게 죽는다

어차피 못갖춘마디 부끄러울 것도 없다

까마귀

허공을 맴돌았다, 비 오는 밤이었다
시커먼 빗줄기가 내리치고 있었다

날개가 형벌이라면 허공은 감옥이었다

너라는 창살이 차갑게 빛나는 밤

본능처럼 너를 밀고
나는 또 텅 비었다

천형을 뒤집어쓰고 불구처럼 떠돌았다

제5부

오후

　당신의 만나자는 전화가 왔을 때

　달리아 목을 묶었습니다 죽은 모기의 피도 붉은색이군요
오후의 여름은 이렇게 길고 뜨거운데 인생은 보통 짧다고 합
니다 지난 시절로 돌아갈 수 없는 게 우리의 운명이라고 대답
했습니다 피를 붉게 가두는 것도 운명이겠습니다 복숭아가
떨어집니다 바닥의 과실은 나무의 의도입니다 당신은 나의
과실입니다 모기가 돌아오는 저녁, 필사적인 모기와 일대일
싸움을 끝냈습니다 꽃들은 목이 묶인 채 저녁이 되었습니다

　오후의 나의 의도는 내일도 혼자입니다

해안선

후배네 고향집은 남쪽에 있습니다

모과입니다 순한 소의 눈망울에 눈물이 고였습니다 모과나무가 가로수로 있는 마을, 이 마을 이름을 나는 모릅니다 말을 한 것은 말하지 않은 것을 지킬 수 없습니다 몇백 년 된 느티나무가 마을을 지켜보고 있는 갖출 것은 다 갖춘 마을, 없는 게 없는 마을이라 그럴까요? 강아지들이 죄다 웃고 있습니다 꼬리까지 통통한 아기 고양이와 텃밭을 끼고 작은 벽돌집이 있습니다

아무도 이 집에 대해 관심이 없습니다

이전과 그 이전의 생애가 깃든 집

여기가 우두포입니다 해안을 따라 굽이굽이 몇 개의 비슷한 포구를 지나 멀리 밀려갔던 사람이 와 있습니다 눈망울이 반짝입니다 내일은 통영 가자, 둘이서 놀던 오늘에 아버지는 늘 등장합니다 통영 뭐 볼 게 있나 마라도도 볼 게 없다 이제

세상 다 볼 게 없다 하시며 어머니를 보시는 아버지가 다 가
진 사람의 얼굴로 웃고 있습니다 철든 모과나무에서 모과가
떨어집니다

　모과는 모과에 집중할 뿐 아무도 줍지 않습니다

마당

순이네 강아지가 제 집으로 돌아가자

우르르 참새 떼가 마당을 덮치었다

한 사람 또 날아가고 까맣게 또 뒤집혔다

산당화 피는 저녁

늙으신 홀어머니
저녁밥상 차릴 때

개밥 주러 마당 나온
오십 줄 노총각

발정 난
암캐 거시기에
눈을 떼지 못하네

배송

아무도 모르는 이야기가 시작되고

새벽 세 시 아니면 두 시, 총알같이 날아갑니다 웃지 않아도 되는 밤입니다 어둠 속의 발은 보이지 않습니다 당신의 얼굴도 보이지 않는군요 오래전 어떤 당신도 알아볼 수 없겠습니다 이제 립스틱 색깔은 더 이상 연구 대상이 아닙니다 모르는 이야기가 전해지는 동안 우리는 조금씩 모르는 사람이 되어갑니다

모르는 사람이 되어 끝맺음을 야기하고

우리의 흐느낌은 의외로 단순한데

총알이 날아옵니다 생존은 각자도생이라 했나요 자신의 날개로 끝내 날아간 사람이 있습니다 그들의 얼굴은 이제 변하지 않습니다 변하지 않는 사진으로 오래도록 어떤 가슴에 걸려 있겠습니다 늙고 싶어도 늙을 수 없는 어떤 사람을 대신하게 되었습니다 마스크를 벗으면 무섭다고 합니다 얼굴은 보

여줄 수 없습니다 벌써 당신은 도망가고 있군요 그래도 살아
남자는 고객님의 문자를 받았습니다

　우리는 되도록 멀리서 서로를 자극합니다

개복

두 번째 개복이라 두려움이 더 크다고

유서까지 써놓고 병원으로 간 친구

수술은 세 시간 동안 더디게 걸리었다

켜켜이 쌓아둔 자궁 속 스트레스

방광과 위장까지 엉클어져 뻗힌 내막

오십 년 묵은 속내를 다 보이고 맡긴 채

한 고비 생을 넘겨 누렇게 뜬 얼굴

다 열고 다 쏟아서 후련한 상담처럼

계절은 가을 햇살로 어느 순간 바뀌었다

암탉의 시간

날갯죽지 양쪽에 불끈불끈 힘주고

짧다란 계관을 곧추 세운 어미닭

마당이 왕궁 뜰인 듯 새끼들을 끌고 간다

구름 사이 솔개 발톱 퍼레지는 날이면

온 동네 설레발에 개들도 컹컹 짖고

앙칼진 어미 서슬에 꼬리를 슬슬 내린다

먹이 쪼아 숟가락에 그득히 떠먹이며

가슴에 어르는 황홀한 암탉의 시간

마당은 더할 나위 없이 노랗게 물들었다

개조심

텅텅 빈 대낮에는 미치도록 심심해서
소파와 카펫에 영역을 표시했다
간식은 꼭꼭 숨겨져 성질만 돋구었다

지쳐버린 점액질이 입가에 말라붙고
털끝도 맹수처럼 빳빳이 세웠는데
만만한 막냇동생이 학교에서 돌아왔다

수덕여관

하룻밤 쉬어가는 중이든 중생이든

후덕한 방구들엔 보따리가 두어 개씩

간간히 풍경이 울려 고요를 퍼트린다

암자의 뒷모습은 사연 깊은 여인처럼

싸리문 걸어 잠그고 침묵만 짙푸른데

길고 긴 수덕사의 밤 누구를 기다릴까

국경

끝은 왜 무례한가,
국경에서 생각했다

만남의 끝도 인생의 끝도 나라의 끝도 그랬다 이런 대접을
받으러 달려온 건 아닌데 검열을 통과하려면 몇 시간이 걸릴
지 아는 사람은 없었다 우리는 밀폐된 객실에서 저녁의 방향
도 알지 못한 채 앉아 있었다 먼 나라의 예법은 시차만큼 다
르고 목소리가 투박한 이 나라에서 우리는 점점 예전 같지 않
았다 여행의 끝은 이별이 되기도 한다지만 아직 여행 중인 우
리는 간신히 웃고 있었다 모두가 보드카를 꺼내들고 경계를
넘는 일에 들떠 있었는데 어떤 본능은 본능적이어서 예의를
차리지 못하고 목소리만 자꾸 커져 갔다 그렇게 지쳐가고 있
을 때 이럴 때 꼭 등장하는 코미디처럼 큰 개가 등장했다 이
렇게 하면 국경을 넘을 수 있을까 하여 우리는 그곳에서도 바
르게 두 손을 모았다 웃지 않으려 잠깐 딴 생각을 한 것이 다
였다 수색견은 잠시 무슨 생각을 하는 것처럼 서 있다가 위엄
있게 사라졌다 뜯겨 나간 천장에서 바람이 들이쳤다

여행의

끝을 생각하며

우리는 잠이 들었다

우화

새끼 밴 염소가 언덕을 넘어온다

목줄을 부여잡고 힘겹게 딸려오다

꿩꿩꿩

놀라 자빠져

소년도 뒹굴었다

봄바람

구순과 팔순 자매 평상에 걸터앉아

내 틀니 보았냐구, 사위가 죽었다구?

백발의 사발꽃다발 부스스스 떨군다

응급실

여자의 눈동자는
먼 곳을
향해 있다

한 방울도 치명적인 그라목손 음독자

환자분!
정신없으니
아직 죽지 마세요

저 두터운 은유의 숲, 혹은 미장센
—인은주 시집 『우리의 관계는 오래되었지만』 읽기

오민석(문학평론가·단국대 교수)

1.

이 시집에 나오는 시들의 제목은 대부분 명사형이다. 인은주는 사물에 붙여진 낡은 이름들을 건드려 시의 종(鐘)을 울린다. 그녀가 낡고 관습화된 세계를 건드릴 때, 마치 요술처럼 새로운 서사들이 튀어나온다. 마술사의 보자기에서 갑자기 날아오르는 흰 비둘기처럼, 그녀는 클리셰를 흔들어 새로운 것들을 쏟아낸다. 그녀의 은유는 이름 바꾸기가 아니라 형태 바꾸기(morphing)이다. 그녀가 낡은 이름들을 소환할 때, 그것들은 내러티브로 바뀐다. 그녀는 짧은 음절의 명사들을 상징적 이야기로 바꾼다. 그것은 영화의 미장센 같기도 하고, 소설의 클라이맥스 같기도 하다. 그녀가 낡은 이름의 소쿠리에 상상력의 콩주머니를 던질 때, 무수한 이야기의 색종이들이 쏟아진다. 그 빛은 새로운 은유의 탄생을 보여주는 숲 같다. 그녀의 시를 읽는 것은, 호기심을 가득 품은 채, 이름만이 달린 문을 열고 들어가 두터운 은유의 숲을 만나는 행위이다. 그 숲은 때로 죽음으로 무겁고 사랑으로 숨 가쁘지만, 흐트러짐이 없이 단정하다. 그녀는 만 가지 이야기를 가능한 한 짧은 서사의 상자에 담는다. 그리하여 단아한 시의 집에 큰 이야기를 울려 퍼지게 하는 것이 그녀의 장기이다.

딱따구리 부리가 나무를 두드릴 때

슬픔은 숲에 잠겨 있다
까마귀 한 마리가 숲을 가로질러 날아간다
슬픔을 목격하려는 나무들은 자라나기 위해 목을 키운다
밤에서 깨어난 아침이 숲길을 걷고 있다
두더지가 파놓은 구멍은 밤의 흔적으로 남아 지하와 지상을 연결하고 있다
아침은 밤을 덮는다
숲은 나무를 포괄한다
빛과 어둠이 나무를 위협한다
죽어가는 나무와 죽은 나무 사이

벌목으로 드러난 발목들이 둥근 원을 그리고 있다
둥글게 그려진 나무들의 기호가 슬픔의 형식으로 숲을
잠그고 있다

딱따구리가 나무를 찍고자 찍었을 때

그것은
예약된 슬픔

둥근 산을 깨트린다

　　　　　　　　　　　　　　　　　—「탁목」 전문

이 시의 문패는 "탁목"이다. 문을 열기 전까지 아무도 이 시
의 내부에서 펼쳐질 이야기를 예견하지 못한다. 문을 열면 나
무를 두드리는 딱따구리의 소리가 들리고, 멀리 고요한 슬픔
의 숲 위로 까마귀가 날아가는 장면이 보인다. 이미 벌목 당한
나무들의 죽음을 내려다보는 다른 나무들도 죽음의 선로 위
에 있다. 역설적이게도 그들은 슬픔을 바라보기 위해 자란다.
슬픔(죽음)은 바로 살아남은 것들의 미래이기 때문이다. 밤과
아침, 지상과 지하를 잇는 미장센은 이렇게 "예약된 슬픔"을
향해 있다. 시인의 카메라는 딱따구리와 까마귀와 벌목 당한
나무의 발목들이 둥글게 그려내고 있는 죽음의 기호들을 따

라간다. 파노라마처럼 펼쳐진 풍경 속에 울려 퍼지는 탁목 소리는 슬픈 미래를 예기(豫期)하는 조용한 조종(弔鐘) 소리이다. 그것은 도래할 운명의 회피 불가능한 시간을 향해 째깍째깍 울린다. 슬픈 운명은 이렇게 고요히, 그러나 멈추지 않고 온다.

> 엄마 잃은 아이는 엄마라고 불렀다
> 툭하면 아이는 울고 그러면 또 비가 왔다
> 날마다 해가 뜨기를 아이는 기다렸다
>
> ─「빈집」 전문

"빈집"이라는 명패를 단 이 집은 비어 있지 않다. 그곳에는 깨진 가정의 서사가 남아 있다. 그것은 사라진 과거일 수도 있고, (사람이 살고 있지만) 빈집이나 다를 바 없는 황량한 현재일 수도 있다. 아이는 툭하면 울고 그럴 때마다 비가 추적 추적 내린다. 없는 엄마를 부르는 아이의 울음소리가 울려 퍼지는 이 "빈집"은 어둡고 처량한 느와르 영화의 한 장면 같다. 인은주 시인은 이렇게 몇 음절 안 되는 낡은 보통명사에 내러티브의 은유를 덧씌운다. 그녀가 펜 끝을 놀릴 때, 명사는 구절이 되고, 구절은 문장이 되며, 문장은 이야기가 된다. 그러나 그녀의 스토리가 산문이 아닌 이유는, 그것이 기승전결의 구조를 완전히 박살 내기 때문이다. 그녀의 서사는 압축된 한 장의 컷(cut)이다. 그녀는 간략하게 잘라낸 하나의 풍경만을 보여줌으로써 그 안에 더욱 많은 이야기를 담는다. 시의 언어가 침묵의 웅변이라면 인은주의 시가 바로 그러하다.

2.

인은주 시인이 보여주는 많은 장면 속에 자주 출몰하는 주제가 있다. 그것은 바로 죽음과 사랑이다. 프로이트가 본능을 죽음본능(타나토스)과 사랑본능(에로스)으로 설명했듯이, 죽음과 사랑은 인간의 보편적 운명이다. 사랑은 생명을 낳고, 생명의 자기 운동은 죽음을 향해 있다. 죽음과 사랑은 뫼비우스의 띠처럼 서로 다른 길을 가지만 계속 겹쳐진다.

> 통유리 창문 앞에 아기 새가 죽어있다 겹벚꽃 흩날리는
> 찬란한 봄날 아침
>
> 모르는 새가 죽었을 뿐 죽은 새는 가벼웠다
> ─「모르는 새」 전문

시인은 단 두 문장으로 생명과 죽음의 풍경을 '동시에' 그려낸다. 찬란한 생명의 시간, 즉 "겹벚꽃 흩날리는 찬란한 봄날 아침"에 "어린 새"가 맞이한 죽음의 풍경은 생명/죽음의 현격한 대조 때문에 더욱 충격적이다. 그러나 시인은 호들갑을 떨

지 않는다. "모르는 새가 죽었을 뿐"이라는 진술은 시인을 '감상적 오류(pathetic fallacy)'에서 멀찌감치 벗어나게 만든다. 무절제한 감정이입은 사유의 공간을 마비시킨다. 이런 점에서 인은주는 자신이 만들어낸 풍경과 거리를 유지함으로써 사유의 공간을 확보할 줄 아는 시인이다. 앞의 진술은, 지천으로 널려 있는, 모든 생명체가 겪는 죽음의 보편성을 설명하면서, 바로 그래서 타자의 시선에서 볼 때 절실하게 느껴지지 않을 수도 있는 죽음의 아이러니를 중층적으로 드러낸다. 이런 객관적 자세 때문에 죽음은 더욱 슬픈 무게를 갖는다. 말하자면, 시인은 '애도가 없어서 더 큰 애도'를 보여준다. 죽어서 가벼워진 새는, "모르는 새"로 죽었을 뿐이어서 더 슬픈 존재가 된다.

> 죽은 듯이 서 있었다
> 꽃도 없이 잎도 없이
>
> 거미가 지은 집이
> 조롱하듯 진을 쳤다
>
> 바깥은 시끄러웠다 발정 난 짐승처럼
> ─「그 여름, 배롱나무」 전문

이 시에서도 죽음은 과도할 정도로 넘치는 생명력과 병치된다. 꽃도, 잎도 없이 "죽은 듯이" 서 있는 존재의 바깥은 "발정 난 짐승처럼" 시끄럽다. "여름"은 생명이 넘치는 계절이고, 죽음은 소란스러운 생명의 찬가에 "조롱" 당하고 있다. 시인은 죽음/생명을 이렇게 극명한 대비 속에 나란히 놓음으로써 각각의 의미를 증폭시킨다. 극도로 전압이 오른 의미들은 두 개의 헤드라이트처럼 쌍방을 비춘다. "배롱나무"는 죽음의 자세를 보여주지만, 사실은 살아있는 생명체이고, 발정 난 짐승처럼 에너지가 폭발하는 것들 역시 생의 극치에서 죽음을 향해 있다.

> 모가지가 부러져 고꾸라지던 그 순간
>
> 기다리고 기다린 게
> 한눈에 들어왔다
>
> 새빨간 거짓말처럼 바닥은 묘지였다
>
> —「동백」 전문

죽음은 이처럼 생명의 붉은 정점에서 온다. 충만한 리비도는 바로 그 힘으로 혈관을 말리고, 개체는 그 힘의 끝에서 마치 "새빨간 거짓말"처럼 죽음을 맞이한다. 미국 시인 딜런 토

마스(Dylan Thomas)의 말처럼, "초록 도화선으로 꽃을 몰아가는 그 힘이/내 초록 나이를 몰고 간다; 나무의 뿌리를 말리는 그 힘이/나의 파괴자이다." "새빨간" 색깔은 (동백이라는) 생명이 분출하는 색깔이자, 거짓말처럼 다가오는 죽음의 색깔이다. 생명의 도관(導管)은 생명만이 아니라 죽음을 동시에 실어 나른다. 인은주의 서사들은 이렇게 사랑과 죽음이 화학 반응을 일으키며 만들어내는 다양한 주름들이다.

3.

죽음에 대한 인은주의 성찰이 상투적이지 않은 것은, 그녀가 죽음을 강력한 생명력과 병치시키고 있기 때문이다. 그녀에게 있어서 죽음은 별도의 우주가 아니라 생명과 동일한 궤도를 돌고 있는 행성이다. 그녀는 이것들을 같은 띠 위에서 박치기시킴으로써 극한적인 파동(pulse)을 만들어낸다. 그리하여 그녀에게 있어서 죽음과 생명은 각기 먼 곳에서 오는 황량한 소식, 혹은 단순한 생존이 아니다. 그것들은 팽팽하게 긴장된 관계 속에서 서로 끌리거나 밀어낸다. 그것들은 마치 적수가 없는 장수(將帥)들처럼 자신의 문법에 충실하다. 앞에서 우리는 생명성과 맞서 있는 죽음의 풍경들을 보았거니와, 이제는 죽음을 망각한 듯한 생명성의 벡터(vector)를 볼 차례이다.

그 남자네 마당에서 머루를 따먹었다

까맣게 탄 여름이 걸려 있는 하늘 아래

넝쿨 속 그늘 안에는 풀냄새가 가득했다

새까만 머루가 입 안에서 터졌다

그 남자의 아내는 울상을 지었으나

못 본 척 여름 안으로 나는 더 들어갔다

—「머루」전문

　　생명을 키우는 것은 자아나 초자아가 아니다. 생명성은 주체에게 자아와 초자아의 검열을 무시하고 무의식과 리비도의 탈주선을 탈 것을 명령한다. "까맣게 탄 여름"은 폭발 상태에 이른 리비도의 에너지를 상징하는 것으로 읽어도 된다. 이렇게 읽는 것이 허락된다면, "새까만 머루"는 그것의 완성물이며, "넝쿨 속 그늘 안"은 요동치는 무의식 혹은 욕망의 심연을 상징한다. 화자는 "풀냄새가 가득"한 에너지의 충만 상태에서 머루를 먹는다. 화자의 입 안에서 터지는 새까만 머루는

분출의 절정 상태에 있는 에로스의 풍경이 아니고 무엇인가. 이 폭발하는 생명의 축제 상태 어느 곳에도 죽음의 그림자는 보이지 않는다. 생명성은 초자아의 검열(울상 짓는 "남자의 아내")을 무시하며("못 본 척") 에로스의 궁전 안으로 더 들어간다("여름 안으로 나는 더 들어갔다"). 죽음이 운명처럼 무겁고 두려운 것은, 그것이 바로 이런 무한 생명성의 분출조차도 갉아먹는 더 큰 힘이기 때문이다.

산까치가 내려와
딸기를 쪼았다

장마가 잠시 멈춘 다 젖은 수풀 사이

당신이 몰래 다녀가고
딸기는 더 빨개졌다
— 「산딸기」 전문

인은주 시인은 자신이 그려내는 서사를 최적의 상태로 시각화하는 탁월한 능력의 소유자이다. 산까치, 산딸기, 장마, 젖은 수풀의 배치는 에로스-사건이 일어나기에 최적화된 미장센이다. 그녀는 이렇게 사물들을 배치해놓고, 산까치를 움직여 산딸기를 쪼아 먹게 한다. 게다가 그 배경은, 축축하고도

음습한, "장마가 잠시 멈춘 다 젖은 수풀"이다. 산까치와 딸기 사이의 은밀한 에로스적 관계는 이들의 행위가 "몰래" 한 것이기 때문에 더욱 농밀해진다.

이 시집에는 이렇게 생명 있는 것들의 야생적 힘을 보여주는 시들이 많다. 인은주는 에로스야말로 생명을 생명답게 하는 힘임을 누구보다도 잘 알고 있다. 그러나 그녀는 이것을 목청 높여 떠들지 않으며, 일탈적인 장면으로 호도하지도 않는다. 그녀는 넘치는 에로스의 힘을 정제된 그림처럼 보여줌으로써 더욱 강렬한 미적 효과를 거둔다.

송아지 크기만 한 큰 개가 달려왔다

햇빛이 쏟아지는 바닷가 모래사장

밀물은 반짝거리며 발등을 타 넘었다
　　　　　　　　　　　　　　—「청혼」

인은주의 시에서 명사형으로 붙여진 제목들은 내용의 반복 혹은 편리한 요약이 아니라 명백히 시의 일부분이다. 문패처럼 붙어 있는 제목들은 그 안으로 들어가 보기 전에는 그 기의를 알 수 없다. 독자들은 문패를 힐끗 보고 나서 문 안으로 들어가 시인이 꾸려놓은 미장센을 만난다. 그런 후에 다시 제목으로 돌아올 때, 독자들은 풍경으로 완성해놓은 은유의 전모를 보게 된다. 이런 과정을 거칠 때, 제목으로 동원된 낡은 명사들은 클리셰의 남루를 벗고 새로워지며 낯설어진다. 이것이 인은주가 습관화된 언어와 싸우는 방식이다. 위 작품에서도 우리는 잘 조직된 미장센과 (스위치를 눌러) 그것을 가동하는 시적 감독의 손길을 느낀다. (한여름이 분명한), "햇빛이 쏟아지는 바닷가 모래사장"은 에로스의 욕망으로 충만한 배경이다. 그곳으로 달려오는 "송아지 크기만 한 큰 개"는 강력한 욕망의 몸이 아니고 무엇인가. 그 순간 송아지처럼 큰 개는 "밀물"로 환치되고, 밀물은 "반짝거리며 발등을 타 넘"는다. 그것은 경계를 넘는 에로스적 에너지의 육중한 힘을 보여준다. 그리고, 이 시의 방을 나오면, 독자들은 "청혼"이라는 문패를 다시 만나게 되는데, 이 지점에서 비로소 시인의 은유가 완성된다.

　　강력한 에너지의 시각적 배치를 보여주는 이런 시들은 생명성에 대한 찬가이고, 축가이며, 승전가이다. 이런 생명성은 마침내 죽음에 굴복한다 해도, 그 자체 아름답고 소중하다. "장밋빛 입술과 뺨이 시간의 구부러진 칼날 안에 있다 해도" "사랑은 운명의 마지막 모서리까지 견딘다"는 셰익스피어의 전언은, 그대로 인은주 시인의 고백이기도 하다.

4.

사랑과 죽음의 팽팽하고도 극명한 대비가 이 시집의 얼개라면, 이 두 축 사이에 상대적으로 느슨하게 걸쳐진 서사들도 있다. 그것들은 생명성의 분출보다는 죽음의 경계로 이미 들어간 혹은 들어가고 있는 개체들에 관한 이야기이다. 그것은 생명의 축제에서 비껴난 것들의 절망, 쓸쓸함, 외로움을 담고 있다는 점에서 더욱 일상적이고 인간적이다.

그러지 말자 하고 기다리다 들뜬 저녁

그이는 오지 않고 노을이 덮쳤다

넘어진 무릎 아래로 붉은 피가 모였다

핏빛이 붉어야 하는 그 이유를 아는 순간

노을은 다급하게 어둠과 섞이고

이 세상 다 무너진 듯 돌아보지 않았다

—「명」전문

에로스가 가장 두려워하는 것은 밀어냄, 분리의 사건이다.

사랑과 생명은 두 개체가 상대에게로 가서 결합되는 지점에서 발생한다. 그러나 세계는 때로 개체들을 서로 밀어내게 만든다. 대상으로부터 분리된 주체의 "붉은 피"는 생명성이 아니라 상처가 된다. 위 작품은 이렇게 버림받은 생명의 색깔을 "노을"로 환치한다. 노을은, 어둠으로, 즉 종말로 가는 시간의 기표이다. "그이는 오지 않고 노을이" 오는 시간은, 죽음, 즉 타나토스의 시간이다. 타나토스의 시간은 주체와 세계에 어두운 그림자를 드리운다. 타나토스의 발톱이 밀고 들어올 때, 생명의 축제는 깨진다. 그러나 살아간다는 것은 파한 생명의 잔치를 견디는 일이기도 하다. 인은주는 (생명의 환희/죽음의 운명이라는 극적인 축들 사이에) 살아서 죽음-사건을 견디는 "외롭고, 높고, 쓸쓸한"(백석) 풍경들을 흩뿌려놓음으로써 자신의 텍스트를 인간화한다.

우리의 관계는 끝난 지 오래지만
너는 죽음으로 나를 호출했다
빈소에 너의 얼굴은 화환 속에 담겨 있다

너에게 들어야 할 어떤 말이 있었는데
이 생애 계산을 다 끝낸 사람처럼
어느새 너의 세계는 차갑고 고요했다

남긴 말이 없음을 그곳에서 알았다

후회와 혼돈은 내 몫으로 남겨둔 채

어떻게 보내야 하는지 모른 채 또 헤어졌다

—「너의 장례식」 전문

    이 작품은 이미 죽음의 칼날이 개체의 한쪽을 부재로 만들어서 더 이상의 에로스가 불가능한 풍경을 보여준다. 출구가 사라진 참담한 현실은 비유나 은유가 개입할 틈조차 주지 않는다. 이 시의 제목은 (이 시집에서 매우 예외적으로) 내용을 요약하고 설명하는 상태에 머문다. 비유를 멈춘 화자는 "후회와 혼돈" 속에 갇혀 있다. 이 시는 의도적으로 비유를 후경화(backgrounding)하고 일상을 전경화함(foregrounding)으로써 참담한 현실을 있는 그대로 보여준다. 그리고 이 시의 첫 행 "우리의 관계는 끝난 지 오래지만"은 이 시집의 제목 "우리의 관계는 오래되었지만"으로 변용된다. 이것은 인은주 시의 출발이 비극적 '일상'임을 넌지시 알려준다. 그녀의 시들은 죽음으로 파편화되었거나 파편화되고 있는 일상에서 시작된다. 그녀의 시는 황량하고 누추한 일상의 남루들을 들여다보며 출발한다. 그녀는 그 위에 정제된 은유의 그림을 입혀 생명과 죽음의 심장을 드러낸다. 이 시집은 그렇게 만들어진 미장센의 움직이는 그림들로 이루어져 있다.

시인동네 시인선 162

우리의 관계는 오래되었지만

ⓒ 인은주

초판 1쇄 인쇄 2021년 10월 18일

초판 1쇄 발행 2021년 10월 25일

지은이 인은주

펴낸이 김석봉

디자인 헤이존

펴낸곳 문학의전당

출판등록 제448–251002012000043호

주소 충북 단양군 적성면 도곡파랑로 178

전화 043–421–1977

전자우편 sbpoem@naver.com

ISBN 979–11–5896–532–7 03810

＊이 시집은 경기도, 경기문화재단, 화성시, 화성시문화재단의 '2021 화성
예술가 활동지원' 공모사업의 지원을 받아 제작되었습니다.